LA CONQUÊTE DE LA PAIX.

OU *LE TRIOMPHE DE LA SAGESSE* ET *DE LA VALEUR.*

STROPHES

Propres à être déclamées dans les Fêtes données à l'occasion de la Paix.

PAR le Citoyen LA BOESSIERE, Maître des ci-devant Académies d'Armes de Paris.

Se trouve à Paris, chez le citoyen BOULARD, Libraire, rue St.-Louis Honoré, n°. 547.

Et chez les Marchands de Nouveautés.

De l'Imprimerie de BOULARD, rue St. Louis Honoré, N°. 547.

Au MINISTRE de l'Intérieur, à qui appartient la direction des Fêtes publiques.

CHAPTAL, c'est bientôt qu'un grand jour,
Devra sa pompe à ton génie ;
J'y vois Apollon et sa Cour :
Aux arts tu sais rendre la vie.
Arrêtant sur toi ses regards,
Le Consul prévit cette fête:
Le favori du dieu des arts
Devoit célébrer sa conquête.

LA CONQUÊTE DE LA PAIX.

STROPHES

PROPRES à être déclamées dansles jours de la célébration de la Fête.

Belli secundos reddidit exitus,
HORACE ODE XIV.

UN héros favori de Mars
Dans nos camps fixa la victoire ;
Mais, ami du peuple et des arts,
Son cœur préfère une autre gloire.
Chantons le Consul des français ;
Nous lui devons ce jour de fête :
Quand nous y célébrons la paix,
Nous y célèbrons sa conquête.

PAR mille triomphes divers,
Sur les bords du Nil, et du Tibre,
Il sut prouver à l'univers
La puissance d'un peuple libre.
Des lauriers dus à la valeur
ABOUKIR vit ceindre sa tête;
A Maringo toujours vainqueur,
Pouvait-il manquer sa conquête?

SES collégues par leurs travaux,
Dans la justice et la finance,
Méritent, à titres égaux,
Un tribut de reconnissance.
Chantons les Consuls des Français;
Tous ont des droits à cette Fête;
Le HÉROS a conquis la Paix;
Ils ont assuré sa Conquète.

MOREAU, Général immortel,
Héros maître de la Victoire,
Tes hauts faits d'un lustre éternel,
Chez Mars couvriront ta mémoire;
BRUNE seconda tes exploits;
Il a des droits à cette Fête :
Le Consul par de plus beaux choix,
Put-il assurer sa conquête?

SUR vous tous, vaillans Généraux,
Minerve éclaira son Génie,
Et lui désigna les héros
Qui devaient sauver la patrie.
Et vos périls, et vos succès,
Doublent vos droits à cette fête :
Vous combattîtes pour la Paix:
Vous eûtes part à sa conquête.

O! DESAIX, ô! braves Guerriers,
Qui mourûtes pour la Patrie,
Quand nos larmes sur nos Lauriers,
Prouvent le prix de votre vie,
J'entends vos Mânes satisfaits
Dire en planant sur cette Fête:
Notre sang coula pour la Paix;
Qu'il en cimente la conquête!

KLÉBER, Mars pleura ton destin,
Tu péris par un crime horrible;
Un Poignard te perça le sein:
Ils te connaissaient invincible.
Chez l'Ottoman, l'esprit Anglais
Par le crime amène des Fêtes:
En vengeur, le Héros Français
Saura couronner ses conquêtes.

VOUS. qu'il chérit, braves Soldats,
Valeureux enfans de la gloire,
Pour qui le signal des combats
Est le signal de la victoire;
Vos prodiges aux champs d'honneur
Ont amené ce jour de fête;
Il connaissait votre valeur;
Il était sur de sa conquête.

DANS les traités franc, et loyal,
Il honore la République;
La paix, le bonheur général,
Sont le but de sa politique:
Toujours sage, toujours vainqueur,
Aspirant à ce jour de fête,
De PAUL il a gagné le cœur:
Chantons, célébrons sa conquête.

MINISTRES de PAUL en ces lieux,
Au Monarque vous pourez dire,
Témoins de nos transports joyeux,
Combien loin s'étend son empire.
De vous posséder satisfaits,
Nous le chantons, chacun vous fête.
Tout vous dit que des cœurs français,
Ce grand prince a fait la conquête.

Dites lui que ses fiers guerriers
Unis aux braves de la Seine,
Chez Mars, de gloire et de lauriers,
Feront une moisson certaine;
Que de ces deux peuples amis
Les légions en tout temps prêtes
Terrasseront leurs ennemis
Et marcheront à des conquêtes.

Salut à toi que députa
Un Roi sage des son aurore,
De qui la Prusse un jour dira,
Ici FRÉDÉRIC rêgne encore;
Nous l'avons vu, gardant sa foi,
Tranquille au milieu des tempêtes,
Y voir le danger sans effroi,
En héros fait pour les conquêtes.

Vous Bataves et Cisalpins,
Helvétiens et Ligurie,
La valeur fixa vos destins;
Chacun a servi sa patrie.
Chantés le Consul des Français,
Il prépara ce jour de fête,
Et sous l'olivier de la paix
Allez jouir de sa conquête.

DES Cours pénétrant les secrets,
Toi, l'Argus de la république,
Qui sus filer ses intérêts
Dans le dédale politique,
TALLEYRAND, le peuple français
Connaît tes droits à cette fête :
Le héros a conquis la paix ;
Tu sus préparer sa conquête.

BRAVE compagnon du héros,
Aux champs d'Egypte et d'Italie,
Toi, qui fais marcher les drapeaux
Et la foudre de ta patrie,
BERTHIER, quand le fer des français
A ta voix de nouveau s'apprête,
Le Consul annonce la paix ;
Chantons, célébrons sa conquête.

O vous Joseph et Cobentzel
L'humanité vous rend hommage ;
Un traité de paix solemnel
De vos grands talens est l'ouvrage.
Peuples Allemands et Français,
Soyez amis, faites des fêtes.
Les nations qui font la paix,
Font la plus belle des conquêtes.

O Charles! Prince valeureux,
Héros que l'Allemagne adore,
Sans toi, si grand, si généreux,
Que de sang coulerait encore!
Si dans Vienne on bénit ton nom,
Nous le chanterons dans nos fêtes :
La paix aux yeux de la raison,
Est la plus belle des conquêtes.

MONARQUE des fiers Castillans,
Des Français allié fidelle,
La paix que célèbrent nos chants,
Nous donne une force nouvelle ;
Abattons les tyrans des mers ;
Neptune à nous servir s'apprête,
Contre eux il arme l'univers,
De son sceptre il veut la conquête.

AUX ARMES !

QUAND de deux peuples belliqueux,
Le sang ne rougit plus la terre,
Un ennemi fourbe, orgueilleux,
Ose avec nous rester en guerre,
IL révolte par ses forfaits,
L'orage gronde sur sa tête,
Aux armes bataillons français ;
Mars veut encore une conquête.

FIN

www.ingramcontent.com/pod-product-compliance
Lightning Source LLC
LaVergne TN
LVHW050518160826
845677LV00003B/1209

* 9 7 8 2 3 2 9 6 2 2 7 0 5 *